La loi
Du plus fort

Hervé Mestron

est né en 1963. Après avoir été violoniste professionnel, il est devenu auteur de romans, de pièces radiophoniques et scénariste. Il adore le suspens psychologique. Pour la jeunesse, il a écrit une quinzaine de titres chez différents éditeurs comme Albin Michel, Syros, Averborde, Magnard, Fleurus Presse et, bien sûr, Bayard Jeunesse, où il a également signé un roman dans le magazine *Je Bouquine*.

Louis Alloing

a d'abord travaillé dans des agences de publicité pendant une dizaine d'années. Puis il a débuté comme illustrateur avec la série « Les Moineaux », éditée par Bayard Jeunesse. Aujourd'hui il illustre exclusivement pour les enfants. Ses ouvrages sont publiés par les éditions Lito, Hachette, Flammarion, Nathan, Hatier et Milan.

La loi du plus fort

Une histoire écrite par Hervé Mestron
illustrée par Louis Alloing

BAYARD POCHE

1
Rien ne va plus

Quand la sonnerie retentit, je pousse un grand « ouf » : je viens encore de passer une heure épouvantable ! Ces cours d'allemand me rendront folle ! Je révise pourtant mes leçons : mais c'est comme si ce que je lis rentrait par un œil pour ressortir par l'autre : pfft ! Plus le moindre souvenir, ensuite, le brouillard total. Impossible de me rappeler une conjugaison, une déclinaison, sans parler de l'orthographe !

Ce matin, la prof m'a rendu ma copie d'un air désespéré, comme si elle me plaignait d'être tombée si bas. 7 sur 20 ! Je suis devenue la lanterne rouge de la classe. Pourtant, dans les autres disciplines tout va bien. Je nage dans les eaux du 14, parfois du 15.

La loi du plus fort

Natacha, ma meilleure amie, joue la carte de la consolation :

– Vicky, ce n'est pas si grave ! Qu'est-ce que c'est qu'un 7 sur 20 dans la vie ?

– C'est la cata parce que je te signale que, la semaine dernière, j'ai eu un 8.

– Oui, bon... Tu sais quoi ? Il faut positiver !

– Tu me donnes la recette ?

– La prochaine fois, tu décroches un 18 pour rééquilibrer ta moyenne !

Je hausse les épaules, abattue.

– Et tu sais quoi ? reprend Natacha. Je trouve que depuis quelque temps tu es bizarre. C'est vrai, on ne rigole plus comme avant.

Elle a raison. Où sont passées nos crises de fou rire ?

– Vicky, ressaisis-toi ! Sinon, tu risques de devenir la fille la plus triste de la planète.

– Promis, je ferai un effort.

Rien ne va plus

Elle m'embrasse sur la joue, puis me souffle à l'oreille :

– T'inquiète, Vic, moi, j'ai vraiment confiance en toi !

Je la quitte, un peu réconfortée.

Natacha est ma confidente, pourtant je ne lui ai jamais parlé de ce garçon, au collège, qui me réclame sans cesse quelque chose : un euro, un stylo-plume, un casque de baladeur, un disque... Évidemment, je ne revois jamais mes affaires. Il s'arrange toujours pour m'aborder dans un coin à l'abri des regards. Il s'appelle Peter, et il est en option allemand avec nous. Un cours où sont mélangés des élèves de différentes classes. Peter ne m'adresse la parole que pour me demander de lui donner un truc. Il a compris que j'étais la bonne poire de service. Il n'est pas menaçant, mais j'ai quand même peur de lui refuser quelque chose. Cela dure depuis la rentrée. Le matin, j'éprouve une sorte d'appréhension au moment de pénétrer dans le collège. Et, c'est idiot, je n'arrive pas à me résoudre à en parler à quelqu'un. Je me dis que ça va s'arrêter, que ce garçon va finir par me laisser tranquille.

2
L'accident

Je rentre à la maison et j'essaie de chasser mes idées noires. Natacha a encore raison. Il faut profiter des bons moments ! Par exemple, ce soir, Greg vient dîner à la maison, et je suis super contente. Greg, c'est l'amoureux de ma mère. Je l'ai rencontré une fois, il est très sympa. Depuis qu'elle sort avec lui, maman n'est plus la même. Elle voit la vie uniquement du bon côté. Nous allons passer une soirée tous les trois, comme une vraie famille. Alors, pas question d'arriver avec une tête de serpillière délavée !

Le soleil tombe sur le boulevard et lui donne un air d'autoroute de vacances. Je commence à me détendre, je n'ai plus l'impression d'être une ratée finie. Tout ça n'est pas si grave... Soudain, un crissement de freins me ramène à réalité. Devant moi, une voiture rouge dérape sur le passage clouté, puis repart sur les chapeaux de roues. Je ne sais pas pourquoi, mes yeux tombent sur la plaque d'immatriculation : 090 VIK... C'est mon prénom et l'année de ma naissance ! Quelle coïncidence !

La voiture est déjà loin lorsqu'un attroupement se forme dans la rue. Je m'approche et découvre un caniche mal en point, qui gémit, incapable de marcher. Sa patte saigne. Pauvre bête ! Les gens

L'accident

sont furieux contre le chauffard. Il n'a pas daigné s'arrêter après avoir accroché le chien. Comme eux, je trouve ça scandaleux. On écrase un clebs, et on prend la fuite. C'est nul ! La propriétaire de l'animal est dans tous ses états.

Je continue mon chemin en me disant qu'il y en a qui se croient tout permis.

3
Cher Greg

Ma mère a acheté des plats chez le traiteur :
taboulé, asperges, viande froide, fromage, sorbet.
Elle ne voulait pas que ça sente la cuisine à l'arrivée de Greg. Elle a mis sa plus belle robe, et elle
jette sans arrêt des coups d'œil sur la pendule. On
dirait qu'elle a le trac.

Cher Greg

– Vicky, tu veux bien aller acheter des bougies à l'épicerie ? J'ai complètement oublié ! Prends aussi des amuse-gueule pour l'apéritif.

Pas de problème. J'enfile ma veste, et je suis dehors en un clin d'œil. J'arrive à temps, le magasin était sur le point de fermer. Je choisis de belles bougies bleues torsadées, c'est plus romantique que les blanches. Puis je fais une razzia sur les cacahuètes, les chips au bacon et le chorizo. De quoi tenir un siège de deux mois !

Quand je reviens à la maison, Greg est déjà là. Je surprends ma mère dans ses bras ; elle rougit...

Greg m'embrasse et prétend que j'ai les mêmes yeux étonnés que ma mère. Ensuite, la conversation s'installe ; l'ambiance est détendue.

J'ai l'impression que Greg a toujours été avec nous. Il est très drôle et ne peut pas faire une phrase sans y glisser un jeu de mots. « Quand on travaille dans la pub, il faut avoir le sens de la formule qui tue ! » dit-il. Il me raconte que, quand il était au lycée, il faisait de la radio, et qu'il était capable de parler pendant des heures sans s'arrêter. Un vrai moulin à paroles. Sur son petit nuage, ma mère boit les mots de son amoureux au lieu de déguster son champagne. Elle n'est pas dans son état normal, et c'est plutôt drôle.

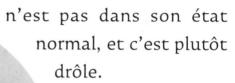

– Comment vont tes études ? me demande Greg.

Pas très original comme question !

Je bafouille :

– Ben... euh... pas mal. Bien... très bien.

Ce n'est ni le lieu ni le moment de parler de mes notes en allemand.

Cher Greg

– Et l'ambiance est bonne ? reprend-il.

Je chasse la vision de Peter en train de me piquer mon effaceur d'encre… Ce serait dommage de casser l'ambiance de la soirée. Je fais un effort pour sourire :

– Oui, super. J'adore mon collège.

– Si on passait à table ? propose ma mère.

Ouf, on va pouvoir parler d'autre chose !

Pendant le repas, il est question des grandes vacances. Ils ont des projets communs. Ils hésitent : la Grèce, l'île de Majorque, la Turquie, l'Australie. Greg se tourne vers moi :

– Tu aurais envie d'aller où, Vicky ?

Je réfléchis… C'est dur de se décider quand on a le choix. Puis, soudain, une idée :

– Le Maroc ! J'aimerais bien aller au Maroc.

Je ne sais pas pourquoi ça m'est venu à l'esprit. Ma mère interroge Greg des yeux. Il a l'air tenté :

– Pourquoi pas ?

La loi Du Plus fort

Le dessert, c'est une glace. Elle est tellement délicieuse que j'en reprends.

Greg propose une balade en forêt pour dimanche prochain. Pique-nique et tout le tralala. Ma mère, qui est une amoureuse de la nature, s'emballe aussitôt pour ce projet. Puis elle regarde sa montre. J'ai compris. Demain, réveil à sept heures quinze. Je me lève de table et je lance :

– Bonne nuit, tout le monde !

– Dors bien, Vicky ! répondent-ils en chœur.

Je me couche, ma radio en sourdine.

Allongée sur le dos, je pense à tous ceux que j'aime et qui m'aiment. C'est dingue, depuis que Greg a mis les pieds dans la maison, tout va mieux dans ma tête. Je me sens en sécurité, soudain. Il va nous protéger, ma mère et moi, c'est certain. Si je lui demande d'aller trouver Peter, il le fera. Cette idée me soulage énormément. Je lui en parlerai la prochaine fois.

Cher Greg

Je finis par m'endormir sur un rêve, une scène de western, avec deux acteurs, Greg et Peter. Et c'est moi la dialoguiste :

La loi DU Plus fort

Greg : Tu vas laisser Vicky tranquille, sinon ça va barder pour toi !

Peter, mort de trouille : Oui, M'sieur, promis...

Greg : Et rends-lui tout ce que tu lui as pris.

Peter, blanc comme un linge : Oui, M'sieur, tout de suite...

4
Une sale journée

Le lendemain, Greg n'est plus là. Il a laissé un cadeau pour moi. Il a oublié de me le donner, hier. J'ouvre le paquet. C'est une montre « design », hyper belle.

– Tu n'oublieras pas de le remercier, dimanche ! me dit ma mère.

La loi DU PlUs fort

– T'inquiète, plutôt deux fois qu'une !

J'avale mon petit déjeuner vite fait et je file.

Dans la cour du collège, je raconte ma soirée à Natacha :

– L'amoureux de ma mère est vraiment top. Il n'a pas un seul défaut !

– Quelqu'un de parfait, ça n'existe pas, rétorque Natacha.

– Espèce de rabat-joie !

L'attention de Natacha se porte sur mon poignet. Elle a flashé sur ma montre :

– Elle est géniale ! Où tu l'as eue ?

– Cadeau de Greg !

– En plus, il a du goût.

– Qu'est-ce que je te disais !

C'est l'heure d'entrer en cours. Ce vendredi, pas d'allemand. Du coup, j'ai la pêche. Je cartonne en français, en anglais, et même en maths, c'est dire. Je récolte un 17 en histoire-géo ! Note historique ! Même que la prof, qui ne m'aime pas (c'est réciproque !), m'a rendu ma copie en grimaçant, comme si ça lui faisait mal au cœur.

À la fin des cours, Natacha me quitte devant le portail. Elle a sa leçon de danse classique au gymnase.

– À lundi ! lance-t-elle. Et n'oublie pas d'embrasser Greg pour moi !

Je souris en la regardant s'éloigner. Soudain, mon visage s'assombrit : je viens d'apercevoir Peter. Il a attendu le départ de Natacha pour s'avancer vers moi, l'œil rivé sur mon poignet.

– Tu as une super montre ! me dit-il d'un ton mielleux.

Je recule d'un pas.

– Tu as peur ? demande-t-il.

Je réponds, bien décidée à ne pas me laisser faire, pour une fois :

– Pas du tout.

La loi du plus fort

Mais Peter attrape ma main et, en un éclair, il réussit à m'enlever la montre du poignet.

– Fais pas cette tête ! Je ne vais pas te la manger, ta montre ! dit-il en ricanant.

Une sale journée

– Rends-la-moi ! dis-je avec force.

– Tu me la prêtes jusqu'à lundi ?

– Non !

– Bon, eh bien, tu l'auras mardi, ou mercredi, ou jamais..., ajoute-t-il avec un sourire que je n'aime pas.

– Tu n'as pas le droit !

– Tsst ! Bon week-end. Salut !

Et il part avec ma montre ! J'ai envie de lui courir après, lui sauter dessus, l'anéantir ! Mais je reste plantée sur place, incapable de faire le moindre mouvement. J'ai l'impression d'être un microbe, que la terre va engloutir.

Je rentre chez moi en état de choc. En plus, ma mère n'est pas là quand j'arrive. Je me jette sur mon lit et j'éclate en sanglots.

Au bout d'un moment, je parviens à me calmer. Je sais ce qu'il faut faire pour arrêter cet engrenage : tout raconter à Greg, la montre et le reste. Il ne

va pas apprécier ! Lundi, Greg ira trouver Peter à la sortie du collège, et ce ne sera pas pour lui demander l'heure ! Je me régale d'avance du spectacle. Tout rentrera ensuite dans l'ordre, du moins, je l'espère.

Je m'habille en vitesse pour mon cours de modern dance. Je réussis à faire le vide en me concentrant sur mes mouvements. Du coup, je suis beaucoup plus détendue.

Après, c'est soirée ciné avec ma mère. Nous filons voir un film dont tout le monde parle au collège, mais j'ai un mal fou à m'intéresser à l'histoire. Mon esprit est ailleurs. Ensuite, ma mère m'invite dans une pizzeria. Elle me parle du lendemain, elle ne pense qu'à Greg. Je n'ai pas le cœur de lui confier mes angoisses, j'ai peur de lui gâcher son week-end.

5
Douche froide

Le dimanche, comme prévu, Greg arrive à dix heures tapantes.

– Ça va, les filles ? demande-t-il.

Évidemment, il embrasse ma mère la première. J'arrive en seconde position ! Normal !

– La voiture nous attend en bas ! annonce-t-il.

Je prends mon sac et me lance dans les escaliers :

– Hé, les amoureux, vous venez ?

– On arrive ! dit ma mère.

Enfin, ils apparaissent, main dans la main. Il n'y a pas à dire, ils vont bien ensemble.

– Je suis garé là, juste devant, dit Greg en

désignant une voiture.

Je demande :

– C'est laquelle ?

– Celle-ci. La rouge.

Je m'approche de la voiture, et, là, mon sang se fige dans mes veines. La voiture de Greg ressemble à s'y méprendre à celle qui a heurté le chien l'autre jour sur le boulevard ! Je vérifie la plaque minéralogique : 090 VIK...

Non, ce n'est pas possible ! Est-ce que deux voitures de même marque et de même couleur peuvent avoir le même numéro d'immatriculation ? Non, il faut se rendre à l'évidence.

– Quelque chose ne va pas, Vicky ? demande ma mère.

Je grommelle :

– Non, ça va.

Je grimpe sur la banquette arrière, l'estomac noué comme un torchon.

Douche froide

Greg ferme sa portière, puis démarre.

– C'est parti ! claironne-t-il.

Je suis complètement déboussolée. Au bout de quelques kilomètres, nous sortons de la ville, et je n'arrive toujours pas à y croire. Greg serait donc ce type capable de fuir après avoir écrasé un chien ! Et moi, je suis dans sa voiture ! Je le hais soudain, comme je n'ai jamais haï personne. J'ai presque envie de descendre en marche.

À un moment, nous traversons un village, et Greg ralentit pour laisser passer un gros chat flegmatique. Intérieurement, je fulmine : « Vas-y, écrase-le, qu'est-ce que tu attends ? Ne te gêne pas pour nous ! »

Mais Greg affiche un calme olympien et laisse passer le matou.

– Qu'est-ce qu'il est beau, ce chat ! remarque ma mère, attendrie.

– Oui, dit Greg, je trouve aussi. C'est bizarre,

on dirait qu'il dort debout !

Ma mère éclate de rire.
Mais quel hypocrite, ce
Greg : tout sourires devant,
et par derrière... Ce n'est
vraiment pas beau !

Et ma mère qui ne se
doute de rien ! Il faut
absolument que j'arrive à
la sortir de là. Mais comment m'y prendre ?

– Ça va, Vicky ? me demande
Greg. Tu ne dis rien ?

Non, je ne dis rien. Je fais comme si je n'avais
pas entendu.

– Greg t'a parlé, ma chérie, me fait remarquer
ma mère en se retournant.

Je me recroqueville sur mon siège, style bou-
deuse première catégorie.

Douche froide

– Ça ne va pas ?

– Non, j'ai mal au ventre.

– Tu veux qu'on s'arrête ? propose Greg.

– Non, c'est pas la peine.

– Au fait, Vicky, la montre te plaît ?

Je fais un effort pour ouvrir la bouche et répondre poliment :

– Oui, Greg, merci beaucoup.

– Tu ne l'a pas mise aujourd'hui ? s'étonne ma mère.

– Je l'ai laissée dans le tiroir de ma table de nuit.

Nous nous arrêtons bientôt dans une forêt. Ma mère consulte sa carte pour trouver un chemin de randonnée. Moi qui me faisais une joie de passer cette journée avec eux ! Tout est gâché ! Je suis le mouvement. Greg et ma mère marchent comme des escargots. Cette forêt me donne le cafard. Les arbres sont verts, et pourtant je les vois gris.

La loi Du Plus fort

Jamais la nature ne m'a paru si morne. J'ai l'impression qu'on tourne en rond, tout se ressemble. Je traîne les pieds. Mon visage doit être aussi accueillant qu'une porte de prison.

– Tu fais la tête, Vicky ? demande ma mère.

– Mais non !

– On dirait pourtant. Tu étais si contente, ce matin !

– J'ai le droit de changer, non ?

– Oui, bien sûr. Seulement, j'aimerais bien comprendre.

– Laisse tomber !

Greg marche devant. C'est peut-être le moment de tout dire. Mais je n'y arrive pas.

Enfin, nous atteignons une sorte de plateau qui surplombe la vallée. Greg propose d'y pique-niquer. Évidemment, ma mère s'empresse de dire que c'est un endroit merveilleux.

Je touche à peine à mon sandwich. Greg parle, parle... Il se croit spirituel, et je m'oblige à sourire.

Douche froiDe

Dire que derrière cette tête sympathique se cache un sale type !

C'est terminé. Je n'ai plus aucune confiance en lui. Et ses jeux de mots ne sont pas si drôles.

Je suis contente de rentrer. Arrivée à la maison, je file dans ma chambre. Apparemment, Greg va dormir ici. La tuile ! J'aurais tant voulu rester seule avec ma mère... comme avant. Voilà que je regrette le temps où nous étions toutes les deux seules. Les moments où nous regardions la télé, pelotonnées l'une contre l'autre.

– Tu veux que j'appelle un médecin ? me demande ma mère en entrant dans ma chambre avec un bol de lait chaud.

– Non, je crois que je vais dormir.

– Tu es sûre que tu n'as pas de fièvre ?

– Mais non ! Touche mon front, tu verras.

– C'était une belle journée, quand même, non ?

– Oui…

Quelle tête elle ferait si je lui annonçais que son Greg chéri est un écraseur de chiens ! C'est le moment ou jamais ; mais je n'ose pas et me contente de lui rendre son baiser.

Après son départ, je reste longtemps les yeux ouverts. Impossible de trouver le sommeil. Je pense aussi à cet infâme Peter. Je n'ai pas parlé de cette histoire à Greg. De toute façon, je ne veux plus lui adresser la parole. Que vais-je devenir, emmêlée dans tout ça ?

6
Merci, Natacha !

Lundi matin, Natacha trouve que j'ai une tête de zombie. Et je sais pourquoi : je n'ai presque pas fermé l'œil. Elle essaie de me tirer les vers du nez :

– Qu'est-ce que tu as, Vicky ?

– Moi ? Mais rien !

– Tu es toute pâle.

– Ah bon ?

– Tu me fais la tête ?

– Moi ? Mais non !

– Tu as des ennuis, alors. Hein, c'est ça ?

– N'importe quoi !

– Vicky, ça se voit à deux kilomètres !

La loi du plus fort

Elle a sûrement raison. Je dois avoir une auréole qui clignote : « Vicky en détresse ! » Pour l'instant, je ne peux pas parler de Greg, pas avant d'en avoir discuté avec ma mère. Ma tête est une véritable cocotte-minute, prête à exploser.

Natacha me prend la main.

– Mais... tu n'as plus ta belle montre ? me demande-t-elle, comme si elle avait déjà deviné...

– Non...

– Pourquoi ? Tu l'as perdue ?

Je résiste encore un peu. Puis, d'un coup, je lâche tout et lui raconte mes problèmes avec Peter, sans rien omettre. Natacha me considère avec de grands yeux perplexes :

– Tu parles bien de Peter, le blond qui est en option allemand avec nous ?

– Oui.

– C'est impossible !

– Pourquoi ?

Merci, Natacha

– Mais... parce que... il n'a pas l'air de quelqu'un qui pourrait faire des choses pareilles.

– Il ne t'a jamais rien demandé, à toi ?

Natacha fronce les sourcils :

– Non... jamais.

– C'est tombé sur moi !

– C'est pas normal. Il n'a pas le
droit ! Tu l'as dit à ta mère ?

– Non, tu es la première à qui
j'en parle...

Natacha me prend alors
dans ses bras. Je me rends
compte à quel point

ce secret me pesait lourd.

    – On va arranger ça, ne t'inquiète pas. Pour commencer, il faut le dire au principal du collège, d'accord ?

    – Oui, je vais y aller.

    – Promis-juré ?

    – Oui, après les cours.

    Natacha me regarde d'un drôle d'air, comme si elle ne me croyait pas capable de me présenter devant le principal.

7
La Prof s'en mêle

La cloche sonne. Après les deux heures de gym, la torture se profile à l'horizon : cours d'allemand ! Là, je récolte un 5 sur 20 ! Je jette un œil désespéré à Natacha. Gênée, elle baisse la tête. Derrière moi, je sens la présence de Peter. J'ai l'impression de l'entendre ricaner dans mon dos, comme s'il me jetait un mauvais sort. Le supplice dure cinquante-cinq minutes.

À la fin du cours, la prof me fait signe d'approcher :

– Vicky, j'aimerais qu'on parle. Allons dans la salle des professeurs.

La loi du plus fort

Au point où j'en suis, je pourrais suivre le dia-
ble... jusqu'en enfer !

En entrant dans la salle
des profs, je vois ma
mère, assise près de
la machine à café.
Elle a l'air effon-
dré, encore plus
que moi.

– J'ai cru utile
de convoquer ta
mère, explique ma
prof d'allemand.

Ma mère lui décoche un regard reconnaissant.

– Vicky, dit la prof, je me suis renseignée auprès
de tes autres professeurs. Tu es une bonne élève.
Or, depuis plus d'un mois, c'est la dégringolade en
allemand. Qu'est-ce qui se passe ? Ce sont mes
cours ? Tu as du mal à suivre ?

La Prof s'en mêle

– Oh non, madame !

– Alors ?

J'ai l'impression d'être prisonnière de mon secret. C'est un cauchemar. Je me mets à pleurer comme une madeleine.

– Vicky, tu dois nous dire, si tu as un problème.

Je m'exclame, les yeux brouillés de larmes :

– Mais je n'en ai pas !

La prof me regarde, impassible :

– Ce n'est pas l'avis de Natacha. Elle est venue me parler avant les cours.

Épuisée, à bout de forces, je finis pas raconter mes déboires avec Peter.

Ma mère devient blanche comme un linge.

– Et moi qui croyais que tout allait bien ! Mais pourquoi tu ne m'en as jamais parlé, Vicky ?

– Je ne sais pas.

Ma mère ouvre la bouche pour me bombarder de questions, mais la prof la devance :

La loi du plus fort

– Peter te demande sans cesse de lui donner quelque chose, c'est bien ça ?

– Oui, madame...

– Cela s'appelle du racket, et c'est extrêmement grave. Nous allons convoquer ce garçon et prendre les mesures qui s'imposent.

– Je veux rencontrer ses parents ! lâche ma mère.

– Oui, bien sûr, répond la prof. Je vous comprends.

Puis elle se tourne vers moi :

– Il n'a pas été violent ?

– Non, madame. Mais j'ai peur de lui quand même.

La prof hoche la tête :

– Je comprends mieux maintenant tes mauvais résultats en allemand. Ne t'inquiète pas, tout va très vite rentrer dans l'ordre. Nous allons régler ce problème avec le principal.

La Prof s'en mêle

Elle m'ouvre la porte :

– Je reste un peu avec ta mère. Tu peux rejoindre les autres élèves à la cantine.

Ma mère m'adresse un petit signe discret. Elle a l'air soulagé. Elle n'est pas la seule !

8
Le moment De vérité

Je suis incapable d'avaler quoi que ce soit. Au moment du dessert, une infecte tarte au citron gluante, le principal pointe son nez dans la salle de cantine. Mon estomac se serre encore davantage. Les yeux du principal balaient la salle et s'arrêtent sur moi. Son index me fait signe d'approcher. Sous la table, Natacha me pince la cuisse.

Le moment de vérité

– Bon courage, me souffle-t-elle lorsque je me lève, les jambes flageolantes.

– Tu veux bien me suivre, Vicky ? demande le principal.

– Oui, monsieur.

J'ai un trac fou. Bizarrement, j'ai l'impression que le principal, qui vient de me faire entrer dans son bureau, me regarde comme si j'étais fautive. J'ai peut-être fait une erreur en parlant de cette histoire à ma prof d'allemand...

Il m'écoute gravement en hochant la tête tandis que je raconte de nouveau ce qui s'est passé.

– C'est la première fois qu'un problème de racket se produit dans notre collège. J'espère que ce sera la dernière.

À ce moment-là, quelqu'un frappe à la porte.

– Entrez ! dit le principal.

Je me fige en voyant Peter pénétrer dans la pièce.

Le moment De vérité

Ses yeux sont fixés au sol. Il a perdu son petit air supérieur. On dirait un coq déguisé en poule mouillée. Il est très mal à l'aise.

– Peter, commence le principal, je voudrais que tu vides ton cartable devant nous.

Sans un mot, le visage fermé, Peter renverse le contenu de son sac sur le bureau du principal. Au milieu de ses affaires, je découvre mon stylo-plume, mon baladeur, mon effaceur d'encre, et la montre offerte par Greg !

– Tous ces objets sont-ils à toi ? lui demande le principal.

– Non, monsieur, pas tous, répond Peter en desserrant à peine les lèvres.

– À qui appartiennent-ils ?

Il met du temps avant de répondre :

– À... à Vicky.

– Et pourquoi se trouvent-ils en ta possession ?

Peter change subitement de couleur. Un arc-

en-ciel se dessine sur son visage. Les couleurs de la peur et de la honte.

Puis il se renferme sur lui-même.

– Je t'écoute, poursuit le principal.

– Je... j'allais les lui rendre..., parvient-il à

articuler avec difficulté.

– Quand ?

– Euh... bientôt.

– Eh bien, vas-y, c'est le moment.

Peter rassemble mes objets, puis me les tend sans oser me regarder. Il manque ma gomme verte, mais je ne dis rien.

– Peter, dit le principal fermement, maintenant je veux que tu présentes tes excuses à Vicky. Ce que tu as fait est très grave. J'ai déjà convoqué tes parents...

Peter se tourne vers moi, tête basse. Puis il relève ses yeux embués de larmes et me regarde.

– Je te demande pardon, Vicky, parvient-il à prononcer d'une voix cassée.

Je me sens très légère tout d'un coup, comme libérée d'un poids énorme. Je vois soudain Peter tel qu'il est : un garçon banal, fragile, mort de honte devant moi et le principal.

La loi Du Plus fort

Le lendemain, tout le collège est au courant que j'ai été rackettée par Peter. Il paraît qu'il va être renvoyé pendant une semaine.

La prof de français profite de cet incident pour axer son cours sur le racket en milieu scolaire. On ne parle que de ça ! Ce qui m'est arrivé doit servir d'avertissement aux autres. La prof répète inlassablement : « si pareille chose vous arrive, il faut en parler. EN PAR LER ! Car, si vous ne dites rien, c'est la porte ouverte aux pires ennuis ! »

Je me tourne vers Natacha. Elle m'envoie un super clin œil. Heureusement qu'elle est là !

Sur le chemin du retour, je me dis qu'une partie seulement de mes problèmes est réglée. Il reste l'affaire Greg ! Doit on semer la zizanie dans sa propre famille ? Ne vaut-il pas mieux se taire, plutôt que de faire souffrir ceux qu'on aime ? Ça serait un choc pour ma mère si je lui racontais ce que Greg est capable de faire !

Le moment De vérité

S'était-il vraiment aperçu qu'il avait heurté ce chien ? Dans le fond, je n'en suis plus si sûre. Mais on ne roule pas comme un fou en plein centre ville. Même s'il était hyper pressé, ce n'est pas une raison pour mettre la vie des autres en danger. Je ne sais plus quoi penser. Je regrette juste d'avoir assisté à cette scène. Si seulement ma vie était un film ! On pourrait faire des coupes au montage...

9
Dernier rebondissement

En rentrant, je me jette dans les bras de ma mère. Nous reparlons pendant une heure de cette histoire. Elle me répète ce que nous a rabâché la prof de français : « Dans pareille situation, il faut parler ».

Justement ! Je m'apprête à saisir la perche tendue pour aborder la question de Greg, en douceur. Mais à ce moment là, le téléphone sonne. Ma mère décroche et je vois aussitôt à son expression que quelque chose ne va pas. C'est Greg, il va être en retard. Elle raccroche, l'air tracassé.

– Greg est au commissariat, dit-elle. Il passera après le dîner.

– Qu'est-ce qui se passe ?

– Oh, une histoire bizarre. Il est allé porter plainte à la police.

Dernier rebondissement

– Pourquoi ?

– Une histoire de voiture.

Je pense aussitôt à cette histoire de chien.

– Il a écrasé quelqu'un ?

– Non, pas du tout ! Il s'est rendu compte qu'on se servait de sa voiture pendant la journée. L'autre jour, il a trouvé l'aile cabossée et le niveau d'essence très bas, alors qu'il avait fait le plein la veille. Et ce matin, il a reçu une contravention parce qu'il aurait été photographié à 150 km à l'heure sur une nationale...

– C'est peut-être vrai ?

– Impossible, ce jour-là, il était à Genève. Ça ne pouvait donc pas être lui. Le gardien du parking, à qui il laisse la clé de sa voiture, serait en fait de mèche avec des garçons pas très recommandables.

– Tu veux dire que quelqu'un utilise sa voiture en son absence ?

– C'est ce que j'ai compris.

La loi du plus fort

Je la regarde. Je sens les larmes me monter aux yeux, tellement je suis heureuse.

– C'est génial !

Ma mère reste interdite devant ma réaction :

– Mais enfin, Vicky ! Greg est en train de poireauter au commissariat, et toi, tu trouves ça génial ? Qu'est-ce qui te prend ?

– Il me prend que je suis super contente ! Et puis, je vais te dire une chose : ton Greg, c'est l'homme le plus formidable du monde !

– Mais qu'est-ce qui t'arrive ?

Dernier reBonDissement

– Et, en plus, il est innocent !

– Innocent ? De quoi tu parles ?

Ma pauvre mère comprend de moins en moins. Elle me prend par l'épaule :

– Ma chérie, tu veux bien m'expliquer ce qui se passe ?

Alors, je raconte tout : la scène du chien, la voiture de Greg, mes doutes, ma mauvaise humeur, mes craintes, mon cauchemar...

– Tu as vraiment cru que Greg était capable de faire une chose pareille ?

– Mets-toi à ma place !

Ma mère hausse les épaules, puis éclate de rire :

– Quand je vais lui raconter, il ne me croira pas !

– Tu parles, il va m'en vouloir !

– Pas du tout, Greg t'adore. Et il comprendra très bien ta réaction. Après tout, tu ne pouvais pas deviner que c'était quelqu'un d'autre qui conduisait sa voiture !

ÉPilogue

Peter est revenu en classe après une semaine d'exclusion. Il rase les murs. Pour moi, c'est comme s'il n'existait pas. Je me sens délivrée d'un poids. En plein milieu du cours d'allemand, on me tape sur l'épaule. Surprise, je me retourne.

Peter me tend un paquet. De peur de me faire

attraper par la prof, je le cache aussitôt sur mes genoux. Puis, discrètement, je défais l'emballage. C'est une boîte métallique ; dedans il y a deux stylos nacrés, l'un à bille, l'autre avec une plume dorée. D'habitude, quand on me fait un cadeau, même nul, je suis contente. Mais, là, ce n'est pas le cas.

Je demande à voix basse :

– C'est tes parents qui ont eu l'idée ?

– Non, c'est moi. Qu'est-ce que tu vas imaginer ?

– Quelle générosité !

Il hausse les épaules :

– C'est normal... Tu m'en veux toujours ?

– Je n'en sais rien. Mais je voudrais que tu me laisses tranquille maintenant !

Et je lui rends son cadeau. Mes yeux se sont transformés en mitraillettes. Peter détourne le regard. Je savoure cette seconde. Enfin je n'ai plus peur de lui.

La loi Du Plus fort

À présent, je me concentre sur la langue de Goethe. Déclinaisons et règles grammaticales germaniques s'impriment dans mon cerveau. Ce n'est pas spécialement facile, mais, au moins, j'ai la satisfaction de retenir ce que j'essaie d'apprendre.

La preuve : lorsque la prof m'interroge, le brouillard a disparu dans ma tête. J'ai retrouvé mon énergie, la mémoire, et je réponds comme un chef !

– *Sehr gut*, Vicky ! me félicite la prof.

– Trop cool ! souffle Natacha.

DLiRe , c'est chaque mois :

✳ **Un roman inédit, illustré
et toujours différent**

✳ **30 pages de BD, de jeux
et d'énigmes**

✳ **Ciné, actu, BD...
les lecteurs donnent leur avis !**

Viens feuilleter **DLiRe** sur www.dlire.com

DLiRe est en vente chaque mois
chez ton marchand de journaux ou par abonnement
au **0825 825 830** (0,15 €/mn).

ayard
JEUNESSE

CULTIVONS LEURS TALENTS

Dans la même collection
Défi d'enfer

Achevé d'imprimé en novembre 2005 par Oberthur Graphique
35000 Rennes - N° Impression : 6808
Imprimé en France